HORA
DI

DISCOURS PRÉLIMINAIRE AUX VOYAGES DANS LES ALPES

Préface d'Albert V. Carozzi

MINIZOÉ

Illustrations des *Voyages* :
Vue de la Montagne du Nant d'Arpenaz, p. 45
Vue de l'Aiguille des Charmoz, p. 46

11, rue des Moraines,
CH-1227 Carouge-Genève,

Couverture : M. Cartier
Illustration : *Le Mont-Blanc vu de la Flégère*, gravure
ISBN 2-88182-336-X

PRÉFACE

Ce *Discours Préliminaire* fondamental pour l'histoire des sciences de la terre – que l'on relit toujours pour la valeur de son contenu scientifique et pour la beauté de son style – ouvre le premier volume des *Voyages dans les Alpes* (1779-1796). De Saussure y décrit une méthodologie scientifique de grande envergure qui s'allie avec le lyrisme romantique du XVIIIe siècle. Son exposé révèle la plupart des multiples facettes d'un esprit éclairé et universel représentatif du Siècle des Lumières. En effet, il a été, tour à tour, géologue, minéralogiste, chimiste, physicien, inventeur d'instruments scientifiques, botaniste, biologiste, sociologue, politicien, éducateur, et philosophe.

De Saussure montre d'abord l'importance des observations géologiques systématiques sur le terrain, en d'autres termes comment la *Géographie Physique,* telle qu'on l'appelait de son temps, ou description minutieuse de la surface et de la profondeur du globe, est l'outil fondamental d'une exploration scientifique qui aboutira à un trésor de données fiables.

La première étape de la géographie physique conduit naturellement à l'étude des montagnes qui offrent de grandes faces où les couches en plis grandioses sont des défis de tous les instants à l'esprit du naturaliste. Parmi ces montagnes, il faut gravir, même à grand-peine, les sommets élevés qui seuls offrent les vastes points de vue qui mènent à une vision d'ensemble unificatrice, dite à l'époque, *Théorie de la Terre.*

Or, le *Discours Préliminaire* fait éclater deux mythes populaires et fallacieux concernant de Saussure encore répétés de nos jours : la dénomination de « grand voyageur » et celle de « fondateur de l'alpinisme ». En fait, il est voyageur par obligation car il doit s'enfoncer dans les vallées alpines pour atteindre le pied des cimes, et alpiniste par nécessité de les gravir, mais il n'a pas la vocation du grimpeur assoiffé de « premières ». S'il veut atteindre les sommets des hautes montagnes c'est surtout pour être dans la position d'un philosophe placé au-dessus du globe pour essayer de comprendre les principaux mécanismes responsables des grandes révolutions du passé.

Tout au long de sa vie, de Saussure a recueilli d'innombrables observations avec lesquelles il pensait construire une théorie de la terre qui aurait expliqué la formation des Alpes, un des édifices géologiques les plus compliqués qui existent sur la face de la terre, et celle de toutes les grandes chaînes de montagnes du globe. Épuisé, il n'en esquissera que le plan sommaire en 1796. Par contre, l'étude de ses manuscrits inédits en cours (Carozzi, 1987, 1992) indique clairement qu'il avait, après bien des hypothèses fallacieuses, finalement découvert la véritable nature des forces géologiques responsables des chaînes de montagnes du monde.

Son hypothèse initiale prend en considération la cristallisation de sels minéraux dans un liquide. Ce mécanisme, très à la mode à l'époque, forme à petite échelle, et de manière naturelle dans les travertins, albâtres, concrétions et agates, de fines couches multiples aux formes contournées et bizarres qui rappellent les attitudes de bien des couches verticales, inclinées ou plissées, visibles dans les hautes montagnes. On peut d'ailleurs reproduire de telles formes contre les parois de réceptacles de laboratoire contenant des solutions minérales appropriées. Pourquoi donc ne pas transposer ce mécanisme à une échelle beaucoup plus grandiose dans un océan universel où se déposait toute la série des roches primitives, secondaires et tertiaires ? Sans tomber dans l'excès de certains naturalistes de son époque qui voyaient dans les sommets aigus des montagnes de véritables cristaux, de Saussure se rend rapidement compte que les couches des montagnes sont à la fois *redressées ou plissées et fracturées,* une situation qui n'existe jamais dans les produits de cristallisation.

Sa seconde hypothèse (1774) considère un bouleversement souterrain ou une force verticale inconnue, qu'il pense d'origine sismique, qui aurait soulevé les granites et les schistes primitifs en masses verticales (Mont-Blanc). Ces roches primitives en perçant ainsi leurs enveloppes de couches calcaires plus récentes les auraient plissées de façon spectaculaire (Hautes Alpes Calcaires). Mais en multipliant les observations dans les Alpes suisses et françaises et les Cévennes, de Saussure se rend graduellement compte que les plissements des calcaires sont trop complexes pour résulter de l'effet d'une simple force verticale. Il doute même que cette force soit suffisante pour redresser les granites et autres roches primitives et même de maintenir tout l'ensemble des Alpes à une haute altitude.

En 1784, il comprend que le plissement implique non seulement un soulèvement des roches mais aussi leur raccourcissement simultané. Par de simples simulations en laboratoire, en faisant glisser des draps et des couches de glaise sur une table inclinée ou en les poussant de ses propres mains sur une table plane, il crée des plis complexes en miniature. Il inaugure ainsi la géologie expérimentale environ un siècle avant son acceptation comme une discipline des sciences de la terre.

Il formule dès lors son concept de « refoulements horizontaux en sens contraires » comme le mécanisme de formation des Alpes et de toutes les grandes chaînes. Cette découverte fondamentale est en fait une vision prophétique de la tectonique tangentielle moderne. Mais ses notes manuscrites, mises au net en 1786 restent inédites et réservées précieusement pour une démonstration finale dans sa théorie de la terre qui, malheureusement, ne verra pas le jour. Des allusions trop brèves aux refoulements horizontaux se trouvent seulement dans les deux derniers volumes des *Voyages dans les Alpes* publiés en 1796.

Ayant posé le principe fondamental des refoulements horizontaux, de Saussure n'a pas spéculé sur le « moteur ». C'est James Hutton qui a introduit en géologie le principe d'un « moteur » à action cyclique que nous acceptons de nos jours, à savoir la chaleur interne du globe qui, accompagnée de la mise en place à l'état fondu du granite, explique à la fois soulèvement et déformation. Dans sa *Theory of the Earth* (1795), Hutton a utilisé comme observations illustrant sa propre théorie des extraits volumineux des deux premiers volumes des *Voyages dans les Alpes*, car il considérait de Saussure comme le plus fiable de tous les observateurs.

Le concept de refoulements horizontaux à grande échelle de Saussure n'est connu que tardivement à la suite des travaux d'une poignée d'élus qui ont médité sur les quelques vagues lignes publiées par de Saussure sur le sujet et en ont réalisé l'importance fondamentale : Alphonse Favre (1878) lors de ses expériences de compression latérale ; Marcel Bertrand (1908) dans son étude magistrale des refoulements de l'écorce terrestre qui ont engendré les nappes de charriage du bassin houiller franco-belge et des Alpes, et enfin un bref hommage d'Albert Heim dans sa *Geologie der Schweiz* (1919) dans lequel il écrit que de Saussure envisage seulement « comme un rêve » le refoulement latéral comme la cause de formation des Alpes.

Dans l'ensemble, les géologues et les historiens de la géologie ont ignoré la contribution fondamentale de Saussure pendant plus de deux siècles, en fait jusqu'à ces dernières années (Ellenberger, 1994) après que nous avons attiré l'attention de la communauté géologique en transcrivant les manuscrits inédits du grand savant genevois.

Par conséquent, la réputation de Saussure comme « fondateur de la géologie alpine » est basée sur deux faits qui ne révèlent pas sa découverte fondamentale.

Premièrement, les *Voyages dans les Alpes,* écrits dans un langage à la fois clair, vivant et sobre illustrant ses qualités extraordinaires d'observateur de tous les aspects de la géologie alpine en y associant les récits de ses propres expériences scientifiques et de nombreuses considérations sur le mode de vie et les mœurs des habitants de ces hautes montagnes qui s'ouvraient devant ses yeux étonnés. Ce récit a cependant découragé certains lecteurs par le choix des descriptions d'itinéraires qui ne se suivent pas toujours dans un ordre chronologique et ne permettent certainement pas de suivre l'évolution de la pensée scientifique de l'auteur. Cette évolution est exprimée dans ses manuscrits seulement.

Deuxièmement, l'ascension du Mont-Blanc en 1787, celle d'un grand savant atteignant le sommet de la plus haute montagne d'Europe. Elle galvanise le grand public et donne lieu à d'innombrables éditions piratées intitulées souvent *Voyages pittoresques de M. de Saussure*, et à la publication de nombreuses gravures plus ou moins fantaisistes, dans une atmosphère que l'on appellerait aujourd'hui « explosion médiatique ». En réalité, cette fameuse ascension ne donne que relativement peu de nouveaux résultats géologiques, mais la vue d'ensemble depuis le sommet du Mont-Blanc apporte à de Saussure la confirmation éclatante de son interprétation antérieure des refoulements horizontaux en sens contraires, mais dont la démonstration reste toujours consignée dans ses manuscrits.

Pour de Saussure, être un géologue complet implique que l'on soit également minéralogiste et chimiste expérimental. En effet, pour bien intégrer les divers types de roches dans les mécanismes d'une théorie de la terre, il faut connaître aussi bien que possible leur composition minéralogique et chimique. Ce genre de recherche est ardu de par l'état naissant de la minéralogie descriptive et de la chimie analytique du temps de Saussure. La terminologie minéralogique est ambiguë, les distinctions entre minéraux et roches confuses.

Pourtant de Saussure innove en considérant l'analyse chimique aussi indispensable au géologue que l'analyse mathématique à l'astronome, comme s'il pressentait l'importance de la future géochimie de notre temps. Il associe des analyses chimiques par voie sèche et humide à l'emploi systématique d'une nouvelle technique d'essais de fusion des minéraux au chalumeau. Il laissera le manuscrit incomplet d'un *Essai de Lithologie Systématique* (1793) dans lequel il tente de rédiger une nouvelle méthode d'identification des minéraux et des roches qui pourrait améliorer les traités de minéralogie en usage à son époque.

En tant que physicien, de Saussure trouve dans les hautes montagnes d'autres grands sujets d'émerveillement et d'étude qui font partie aujourd'hui de la géomorphologie et de la physique de l'atmosphère. Bien que certains historiens de la géologie aient prétendu que de Saussure ne décrivait que des montagnes aux formes figées, ce n'est pas le cas, il est très conscient de ce que l'on nommait à l'époque « la dénudation du paysage ».

La lecture des *Voyages dans les Alpes* et des manuscrits révèle une pensée très sensible à la dynamique externe exprimée par les modifications perpétuelles, lentes ou brutales, de la forme des montagnes sous l'action des agents atmosphériques. De Saussure se préoccupe du gel et du dégel, des vents, de la pluie, des orages et de la foudre. Il étudie les éboulements catastrophiques, les avalanches meurtrières, l'érosion active des torrents creusant les vallées transversales et longitudinales, et enfin l'action lente des glaciers formant des « vallées en auge » et leur histoire faite d'avances et de retraits. Tout en ne comprenant pas encore l'origine des blocs erratiques et l'existence d'un âge glaciaire quaternaire (Agassiz, 1840), ses études sur les glaciers sont innovatrices dans bien des aspects (Carozzi et Newman, 1995).

La physique de l'atmosphère exige des observations précises et répétées. Ces mesures, faciles à faire en plaine avec les instruments encombrants de l'époque, sont difficiles voire impossibles en haute montagne. Saussure relève ce défi immédiatement par l'invention et la construction d'un nombre étonnant d'instruments portatifs : thermomètre, baromètre (pour mesurer les altitudes), anémomètre, hygromètre à cheveu, électromètre, magnétomètre, diaphanomètre (mesure de la transparence de l'air), cyanomètre (mesure de la couleur bleue du ciel), eudiomètre (mesure de la salubrité de l'air), et enfin héliothermomètre pour mesurer l'intensité du rayonnement solaire (Sigrist, 1993). Ces instruments construits par les artisans genevois sont des merveilles d'ingéniosité. La contribution de Saussure à la physique de l'atmosphère se trouve dispersée dans toute son œuvre manuscrite et reste un sujet ouvert aux recherches futures. Il en est de même, dans une moindre mesure de ses activités botaniques et biologiques, respectivement sous l'influence d'Albrecht von Haller et de son oncle Charles Bonnet.

Une activité scientifique de l'envergure de celle de Saussure exige une bibliothèque privée indispensable pour un accès immédiat aux sources primaires. Dès 1769, il organise ses achats de livres et ses souscriptions aux périodiques des principales académies et sociétés savantes d'Europe de la même manière systématique qu'il conduit ses propres recherches et voyages. Sa bibliothèque, qui atteindra en 1797 au moins 1202 titres, à savoir 1143 livres et 59 périodiques est un témoignage d'une incroyable persévérance de se tenir au courant du progrès scientifique et d'un énorme investissement financier. Deux catalogues manuscrits préparés par de Saussure lui-même montrent que cette collection, largement dispersée à la suite de la perte des ressources financières de Saussure pendant la Révolution française, comprenait de nombreuses premières éditions et des ouvrages dont à peine un ou deux exemplaires existent encore aujourd'hui dans les principales bibliothèques du monde. Il a donc été possible de reconstituer en détail l'histoire et le contenu d'une des bibliothèques privées les plus diversifiées et les plus importantes du XVIIIe siècle (Carozzi et Bouvier, 1994).

Dans le domaine de l'éducation, de Saussure est promoteur d'un programme plus ouvert au niveau secondaire comme en témoigne son *Projet de réforme pour le Collège de Genève* (1774). On le contrecarre et on le critique parce que ses vues sont inspirées de l'*Emile* de J.-J. Rousseau. Il tourne alors ses forces vers une tentative de rapprochement entre les différentes classes et les divers métiers tout en essayant d'élever leur niveau d'éducation. Dans ce but il fonde avec l'horloger Louis Faizan en 1776 la *Société des Arts* qui a rempli les aspirations de ses fondateurs en dépit d'inévitables vicissitudes et qui existe encore de nos jours. Les derniers efforts éducatifs de Saussure s'adressent au peuple et datent de la révolution, sous la forme d'un *Rapport et projet de loi du comité d'instruction publique, lu à l'assemblée nationale le 9 août 1793 par les citoyens Desaussure et Bourrit fils.*

L'activité purement politique de Saussure à Genève, révèle dans la chronologie de ses voyages, soit des absences prolongées lors des périodes de calme politique, soit des retours précipités lors de crises imminentes pour des interventions conciliatrices au péril de sa vie alors que les autres patriciens restent passifs ou fuient la ville.

L'acharnement systématique mis par de Saussure, aristocrate en rupture avec son temps et ses pairs, à poursuivre son activité éducatrice et politique pourrait être le signe d'un pressentiment. Il pensait peut-être que l'éducation du peuple aurait le pouvoir d'influencer de manière décisive et positive le cours des grands événements politiques qui se profilaient à l'horizon.

L'aspect de la personnalité de Saussure qui motive son l'œuvre scientifique va maintenant nous préoccuper. Elle se place à deux plans distincts, et peut être décrite par la métaphore de l'ascension d'une montagne mythique. Un premier plan est celui de son admiration de *l'Homme de la Nature*, personnifié par les populations alpines qui vivent dans l'isolement splendide de leurs retraites sauvages. Le second plan, purement abstrait, se place à un niveau plus élevé : c'est la contemplation du monde depuis les hauts sommets. Cette attitude laisse transparaître l'influence épicurienne profonde de Lucrèce, son auteur préféré – le chantre de la nature – telle qu'elle s'exprime dans *De rerum natura.* Cette contemplation scientifique, immuable, impassible et sereine au sommet des montagnes, où il faudrait bâtir le Temple de la Sagesse, est seule capable d'assurer la paix de l'âme du naturaliste.

La richesse des archives de Saussure, conservées à la Bibliothèque publique et universitaire de Genève, permettent la rare et instructive comparaison de style entre ses notes personnelles et scientifiques de terrain et le texte final romantique et lyrique publié dans les *Voyages dans les Alpes.* La différence est particulièrement frappante entre la description véridique et brutale de son ascension au sommet de l'Etna dans le manuscrit intitulé *Voyage en Italie* (1772-1773) et la version romantique que nous laisserons au lecteur le plaisir de trouver dans la transcription du *Discours Préliminaire* qui suit.

De Saussure écrit en date du samedi 5 juin 1773 :

« Vers le minuit, on m'arrache à mon profond sommeil. Il faut partir, on monte à cheval. Je m'imagine que j'aurais assez de redingote et de la veste de drap avec une autre redingote de laine par dessus, mais bientôt je sens que je suis trop légèrement vêtu. En ne sachant comment on se déshabille au grand froid pour mettre un gilet que j'avais fait porter, je souffre beaucoup du froid pendant toute la montée... On quitte les chevaux environ après trois heures de montée au pied du cône en pain de sucre duquel sort la fumée et qui est le vrai cratère de l'Etna. Nous commençames à monter par l'arête d'un courant de lave qui était anciennement sorti de la bouche même du volcan, cette lave dure était plus commode à gravir que les cendres mobiles qui étaient à côté, mais cette lave venant à cesser, il faut se résoudre à grimper par les cendres... Depuis longtemps, nous craignions que le temps ne nous fût pas favorable, nous voyons des nuages à l'horizon, la lune qui nous avait éclairés, l'obscurité des terres au-dessous, la fumée de la montagne incendiée et venant contre nous, et un fort vent de couchant que nous sentions, ne nous promettaient point un changement heureux. Nous tournâmes un peu sur la gauche pour éviter la fumée qui venait droit à nous et nous arrivâmes près du haut vers les 5 heures... Nous ne vîmes donc point le levé du soleil derrière le cratère... Nous accelérons notre marche voyant bien que les nuages et la fumée nous dérobaient ce magnifique spectacle. D'ailleurs nous arrivons ici trop tard pour accéder à la pointe avant le lever du soleil.

Si donc j'y retournerais, il faudrait s'habiller plus chaudement et partir à minuit précise. Nous fûmes au sommet vers les 5 h. 1/2. Nous nous approchâmes tout près, c'est-à-dire à environ 2 ou 3 pieds du bord du brasier, jusque à des crevasses qui avertissaient que ce petit espace pourrait aisément se séparer et tomber dans l'abîme. La fumée qui sortait en tourbillonnant empêchait et empêche toujours qu'on puisse rien apercevoir dans l'intérieur de ce cratère. On dit qu'il a deux milles et demi de circonférence, qu'il est ovale et que son plus grand diamètre est d'au moins un mille... Nous prîmes le parti d'attendre dans l'espérance que le temps s'éclaircirait un peu, nous nous couchâmes à terre en nous tenant serrés les uns contre les autres pour conserver un peu de chaleur et nous tenir à l'abri du vent... La fumée que nous avons souvent l'occasion de sentir et qui nous enveloppe de temps en temps au point de ne pas voir à quatre pas de distance, est acide, sulfureuse, de même que celle du Vésuve, mais pourtant moins forte et moins suffocante. Elle faisait tousser et étourdissait lorsqu'on la respirait immédiatement, mais si l'on avait soin de respirer au travers d'un mouchoir ou d'une flanelle on se sentait presque point incommodé. Nous entendions de temps et temps des grondements souterrains qui paraissaient venir d'une grande profondeur.

Pour être moins incommodés par la fumée nous descendions un peu plus bas et nous eûmes de temps en temps le plaisir de découvrir tout l'angle méridional et oriental de la Sicile depuis Taormina jusqu'à Girgenti. Je distinguais même une fois une île à la côte méridionale qui par sa position devait être Malte. Un haut panache était celui des tourbillons de fumée que nous avions par dessus nos têtes, emporté par le vent, teinté d'un beau blanc par le soleil. Cela est plus solide que les nuages, plus uni, plus cotonneux et le développement s'en fait avec une vivacité et une majesté énormes. En redescendant... »

C'est ainsi que l'on peut se représenter de Saussure, de retour à Genève, méditant sur les aspects philosophiques de son voyage en Italie, relisant dans le calme de son cabinet de travail ses notes d'une ascension périlleuse et parfois décevante pour rédiger une version finale dans laquelle le récit des dangers s'efface devant la sereine contemplation épicurienne de Lucrèce.

Albert V. Carozzi
professeur honoraire de géologie
University of Illinois, Urbana-Champaign, USA

Références

Agassiz, Louis, *Etudes sur les glaciers*, Jent & Gassmann, Soleure, 1840.

Bertrand, Marcel, *Mémoire sur les refoulements qui ont plissé l'écorce terrestre et sur le rôle des déplacements horizontaux*, Gauthier-Villard, Paris, 1908.

Carozzi, Albert V., « La géologie. De l'histoire de la Terre selon le récit de Moïse aux premiers essais sur la structure des Alpes et à la géologie expérimentale », in Trembley J. (éditeur), *Les Savants genevois dans l'Europe intellectuelle du XVIIe au milieu du XIXe siècle*, 203-265, Editions du Journal de Genève, Genève, 1987.

Carozzi, Albert V. « H.-B. de Saussure, pionnier de la géologie moderne », *La Recherche*, 23, 414-422, Paris, 1992.

Carozzi, Albert V. and Bouvier, Gerda, « The scientific library of Horace-Bénédict de Saussure (1797) : annotated catalog of an 18th-century bibliographic and historic treasure », Mémoire 46, *Soc. Phys. Hist. Nat.*, Genève, 1994.

Carozzi, Albert V. and Newman, John K. « Horace-Bénédict de Saussure, forerunner in glaciology », Mémoire 48, *Soc. Phys. Hist. Nat.*, Genève, 1995.

Ellenberger, François, *Histoire de la Géologie*, Tome 2. Technique et Documentation Lavoisier, Paris, 1994.

Favre, Alphonse, « Expériences sur les effets des refoulements ou écrasements latéraux en géologie », *C. R. Premier Congrès Géol. Internat.*, 35-38, Paris, 1878.

Heim, Albert, *Geologie der Schweiz*, 3 vols. C. H. Tauchnitz, Leipzig, 1919-1922.

Hutton, James, *Theory of the Earth, with proofs and illustrations*, In four parts, 2 vols. Cadell Jr., Davies and Creech, Edinburgh and London, 1795.

Sigrist, René, *Le capteur solaire de Horace-Bénédict de Saussure*, Passé-Présent et Librairie Jullien, Genève, 1993.

Biographie abrégée de Horace-Bénédict de Saussure

Né à Conches près de Genève le 17 février 1740, il fait ses études au Collège, puis à l'Académie de Genève et les achève en 1759 par un doctorat en philosophie qui comporte en fait une solide formation dans le domaine des sciences naturelles et des auteurs classiques. Entre 1762 et 1786 il est professeur de philosophie à l'Académie, mais il avait dejà commencé en 1760 l'œuvre majeure de sa vie : une série systématique de voyages dans les Alpes et les régions limitrophes qui seront caractérisés surtout par d'innombrables observations géologiques qui lui permettront en fin de carrière d'établir le principe des refoulements horizontaux en sens contraires comme le mécanisme de formation des Alpes et de toutes les grandes chaînes de montagnes. Il termine ses voyages en 1792 et entre 1779 et 1796 publie son œuvre monumentale *Voyages dans les Alpes*. Qualifié superficiellement de "fondateur de l'alpinisme" dans le contexte de son ascension du Mont-Blanc en 1787, il est certainement le "fondateur de la géologie alpine", mais surtout un esprit universel, et éclairé typique du XVIIIe siècle. En termes modernes il a été géologue, minéralogiste, chimiste, physicien, inventeur d'instruments scientifiques, botaniste, biologiste, sociologue, politicien, éducateur, et philosophe. Epuisé par les effets d'une vie entière de voyages ardus sur une constitution physique frêle, presque ruiné par des revers financiers causés par la Révolution française, miné moralement de ne pas avoir pu retrouver une situation académique à l'étranger, il s'éteint à Genève le 22 janvier 1799.

Pour une biographie détaillée, voir

Freshfield, Douglas W., *The life of Horace-Bénédict de Saussure,* Arnold, London, 1920. Traduction française : Horace-Bénédict de Saussure par Louise Plan, Atar, Genève, 1924. Slatkine Reprints, Genève, 1989.

VOYAGES DANS LES ALPES
DISCOURS PRÉLIMINAIRE

Tous les hommes qui ont considéré avec attention les matériaux dont est construite la Terre que nous habitons, ont été forcés de reconnaître que ce globe a essuyé de grandes révolutions, qui n'ont pu s'accomplir que dans une longue suite de siècles. On a même trouvé dans les traditions des anciens peuples, des vestiges de quelques-unes de ces révolutions. Les philosophes de l'antiquité exercèrent leur génie à tracer l'ordre et les causes de ces vicissitudes ; mais plus empressés de deviner la nature, que patients à l'étudier, ils s'appuyèrent sur des observations imparfaites et sur des traditions défigurées par la poésie et par la superstition ; et ils forgèrent des cosmogonies ; ou des systèmes sur l'origine du monde, plus faits pour plaire à l'imagination, que pour satisfaire l'esprit par une fidèle interprétation de la nature.

Il s'est écoulé bien du temps avant qu'on ait su reconnaître, que cette branche de l'histoire naturelle, de même que toutes les autres, ne doit être cultivée que par le secours de l'observation ; et que les systèmes ne doivent jamais être que les résultats ou les conséquences des faits.

La science qui rassemble les faits, qui seuls peuvent servir de base à la Théorie de la Terre ou à la

Géologie, c'est la géographie physique, ou la description de notre globe ; de ses divisions naturelles ; de la nature, de la structure et de la situation de ses différentes parties ; des corps qui se montrent à sa surface, et de ceux qu'il renferme dans toutes les profondeurs où nos faibles moyens nous ont permis de pénétrer.

Mais c'est surtout l'étude des montagnes, qui peut accélérer les progrès de la théorie de ce globe. Les plaines sont uniformes, on ne peut y voir la coupe des terres et leurs différents lits, qu'à la faveur des excavations qui sont l'ouvrage des eaux ou des hommes ; or ces moyens sont très insuffisants, parce que ces excavations sont peu fréquentes, peu étendues, et que les plus profondes descendent à peine à deux ou trois cents toises. Les hautes montagnes au contraire, infiniment variées dans leur matière et dans leur forme, présentent au grand jour des coupes naturelles, d'une très grande étendue, où l'on observe avec la plus grande clarté, et où l'on embrasse d'un coup d'œil, l'ordre, la situation, la direction, l'épaisseur et même la nature des assises dont elles sont composées, et des fissures qui les traversent.

En vain pourtant les montagnes donnent-elles la facilité de faire de telles observations, si ceux qui les étudient ne savent pas envisager ces grands objets dans leur ensemble, et sous leurs relations les plus étendues. L'unique but de la plupart des voyageurs qui se disent naturalistes, c'est de recueillir des curiosités ; ils marchent ou plutôt ils rampent, les yeux fixés sur la terre, ramassant çà et là de petits morceaux, sans viser à des observations générales. Ils ressemblent à un antiquaire qui gratterait la terre à Rome, au milieu du Panthéon ou du Colisée, pour y chercher des fragments de verre coloré, sans jeter les yeux sur l'architecture de ces superbes édifices. Ce n'est point que je conseille de négliger les observations de détail ; je les regarde au contraire, comme l'unique base d'une connaissance solide ; mais je voudrais qu'en observant ces détails, on ne perdît jamais de vue les grandes masses et les ensembles ; et que la connaissance des grands objets et de leurs rapports fût toujours le but que l'on se proposât en étudiant leurs petites parties.

Mais pour observer ces ensembles, il ne faut pas se contenter de suivre les grands chemins, qui serpentent presque toujours dans le fond des vallées, et qui ne traversent les chaînes de montagnes que par les gorges les plus basses : il faut quitter les routes battues et gravir sur des sommités élevées d'où l'œil puisse embrasser à la fois une multitude d'objets. Ces excursions sont pénibles, je l'avoue ; il faut renoncer aux voitures, aux chevaux mêmes, supporter de grandes fatigues, et s'exposer quelquefois à d'assez grands dangers. Souvent le naturaliste, tout près de parvenir à une sommité qu'il désire vivement d'atteindre, doute encore si ses forces épuisées lui suffiront pour y arriver, ou s'il pourra franchir les précipices qui lui en défendent l'accès : mais l'air vif et frais qu'il respire fait couler dans ses veines un baume qui le restaure, et l'espérance du grand spectacle dont il va jouir, et des vérités nouvelles qui en seront les fruits, ranime ses forces et son courage. Il arrive : ses yeux éblouis et attirés également de tous côtés, ne savent d'abord où se fixer ; peu à peu il s'accoutume à cette grande lumière ; il fait un choix des objets qui doivent principalement l'occuper, et il détermine l'ordre qu'il doit suivre en les observant. Mais quelles expressions pourraient exciter les sensations, et peindre les idées, dont ces grands spectacles remplissent l'âme du philosophe ! Il semble que dominant au-dessus de ce globe, il découvre les ressorts qui le font mouvoir, et qu'il reconnaît au moins les principaux agents qui opèrent ses révolutions.

Du haut de l'Etna, par exemple, il voit les feux souterrains travailler à rendre à la nature, l'eau, l'air, le phlogistique et les sels, emprisonnés dans les entrailles de la Terre ; il voit tous ces éléments s'élever du fond d'un gouffre immense, sous la forme d'une colonne de fumée blanche, dont le diamètre a plus de 800 toises ; il voit cette colonne monter droit au ciel, atteindre les couches les plus élevées de l'atmosphère, et là se diviser en globes énormes qui roulent à de grandes distances en suivant la concavité de la voûte azurée. Il entend le bruit sourd et profond des explosions que produit le dégagement de ces fluides élastiques ; ce bruit circule par de longs roulements dans les vastes cavernes du fond de l'Etna, et la croûte vitrifiée qui le couvre tremble sous ses pieds. Il compte autour de lui, et voit jusque dans leur fond les nombreux cratères des bouches latérales ou des soupiraux de l'Etna, qui vomirent autrefois des torrents de matières embrasées ; mais qui refroidis depuis longtemps, sont en partie couverts de prairies, de forêts, et de riches vignobles. Il admire la masse de la grande pyramide que forme l'ensemble de tous ces volcans ; elle s'élève de plus de 10 000 pieds au-dessus de la mer qui baigne sa base, et cette base a plus de 60 lieues de circonférence. Cependant toute cette pyramide n'est de fond en comble que le *caput mortuum*, ou le résidu des matières que ces bouches ont vomies depuis un nombre de siècles. Et ce qui augmente encore l'étonnement de l'observateur, c'est que toutes ces explosions n'ont pas suffi pour épuiser dans le voisinage de cette montagne, la matière des feux souterrains ; car il voit presque sous ses pieds, les Iles Eoliennes, qui furent autrefois produites par ces feux, et qui en vomissent encore. Mais considérant de plus près le corps même de l'Etna, le naturaliste observe, que tandis qu'il sort des entrailles de la terre, des torrents de minéraux vitrifiés qui augmentent la masse de la montagne, l'action de l'air et de l'eau ramollit peu à peu sa surface extérieure ; les ruisseaux produits par les pluies et par la fonte des neiges, qui entourent même en été sa moyenne région, rongent et minent les laves les plus dures, et les entraînent dans la mer. Il reconnaît ensuite au couchant de l'Etna, les montagnes de la Sicile, et à son levant, celles de l'Italie. Ces montagnes, qui sont presque toutes de nature calcaire, furent anciennement formées dans le fond même de la mer qu'elles dominent aujourd'hui ; mais elle se dégradent, comme les laves de l'Etna, et retournent à pas lents dans le sein de l'élément qui les a produites. Il voit cette mer s'étendre de tous côtés au-delà de l'Italie et de la Sicile, à une distance dont ses yeux ne distinguent pas les bornes : il réfléchit au nombre immense d'animaux visibles et invisibles, dont la main vivifiante du Créateur a rempli toutes ces eaux ; il pense qu'ils travaillent tous à associer les éléments de la terre, de l'eau et du feu, et qu'ils concourent à former de nouvelles montagnes, qui peut-être s'élèveront à leur tour au-dessus de la surface des mers.

C'est ainsi que la vue de ces grands objets engage le philosophe à méditer sur les révolutions passées et à venir de notre globe. Mais si au milieu de ces méditations, l'idée des petits êtres qui rampent à la surface de ce globe, vient s'offrir à son esprit ; s'il compare leur durée aux grandes époques de la nature, combien ne s'étonnera-t-il pas, qu'occupant si peu de place et dans l'espace et dans le temps, ils aient pu croire qu'ils étaient l'unique but de la création de tout l'univers : et lorsque du sommet de l'Etna, il voit sous ses pieds deux royaumes qui nourrissaient autrefois des millions de guerriers, combien l'ambition ne lui paraît-elle pas puérile. C'est là qu'il faudrait bâtir le Temple de la Sagesse, pour dire avec le Chantre de la Nature,

Suave, mari magno, etc.[1]

Les cimes accessibles des Alpes, présentent des aspects qui ne sont peut-être pas aussi étendus et aussi brillants, mais qui sont encore plus instructifs pour le géologue. C'est de là qu'il voit à découvert ces hautes et antiques montagnes, les premiers et les plus solides ossements de ce globe, qui ont mérité le nom de *primitives*, parce que dédaignant tout appui et tout mélange étranger, elles ne reposent jamais que sur des bases semblables à elles, et ne renferment dans leur sein que des corps de la même nature. Il étudie leur structure ; il démêle au milieu des ravages du temps les indices de leur forme première ; il observe la liaison de ces anciennes montagnes avec celles d'une formation postérieure ; il voit les nouvelles reposer sur les primitives, il distingue leurs couches très inclinées dans le voisinage de ces primitives, mais de plus en plus horizontales à mesure qu'elles s'en éloignent ; il observe les gradations que la nature a suivies en passant de la formation des unes à celle des autres ; et la connaissance de ces gradations le conduit à soulever un coin du voile qui couvre le mystère de leur origine.

Le physicien, comme le géologue, trouve sur les hautes montagnes, de grands objets d'admiration et d'étude. Ces grandes chaînes, dont les sommets percent dans les régions élevées de l'atmosphère, semblent être le laboratoire de la nature, et le réservoir dont elle tire les biens et les maux qu'elle répand sur notre terre, les fleuves qui l'arrosent, et les torrents qui la ravagent, les pluies qui la fertilisent et les orages qui la désolent. Tous les phénomènes de la physique générale s'y présentent avec une grandeur et une majesté, dont les habitants des plaines n'ont aucune idée ; l'action des vents et celle de l'électricité aérienne s'y exercent avec une force étonnante ; les nuages se forment sous les yeux de l'observateur, et souvent il voit naître sous ses pieds les tempêtes qui dévastent les plaines, tandis que les rayons du soleil brillent autour de lui, et qu'au-dessus de sa tête le ciel est pur et serein. De grands spectacles de tout genre varient à chaque instant la scène ; ici un torrent se précipite du haut d'un rocher, forme des nappes et des cascades qui se résolvent en pluie, et présentent au spectateur de doubles et triples arcs-en-ciel, qui suivent ses pas et changent de place avec lui. Là des avalanches de neige s'élancent avec une rapidité comparable à celle de la foudre, traversent et sillonnent des forêts en fauchant les plus grands arbres à fleur de terre, avec un fracas plus terrible que celui du tonnerre. Plus loin de grands espaces hérissés de glaces éternelles, donnent l'idée d'une mer subitement congelée dans l'instant même où les aquilons soulevaient ses flots. Et à côté de ces glaces, au milieu de ces objets effrayants, des réduits délicieux, des prairies riantes exhalent le parfum de mille fleurs aussi rares que belles et salutaires, présentent la douce image du printemps dans un climat fortuné, et offrent au botaniste les plus riches moissons.

Le moral dans les Alpes, n'est pas moins intéressant que le physique. Car, quoique l'homme soit au fond partout le même, partout le jouet des mêmes passions, produites par les mêmes besoins ; cependant, si l'on peut espérer de trouver quelque part en Europe, des hommes assez civilisés pour n'être pas féroces, et assez naturels pour n'être pas corrompus, c'est dans les Alpes qu'il faut les chercher ; dans ces hautes vallées où il n'y a ni seigneurs, ni riches, ni un abord fréquent d'étrangers. Ceux qui n'ont vu le paysan que dans les environs des villes, n'ont aucune idée de l'Homme de la Nature. Là, connaissant des maîtres, obligé à des respects avilissants, écrasé par le faste, corrompu et méprisé, même par des hommes avilis par la servitude, il devient aussi abject que ceux qui le corrompent. Mais ceux des Alpes, ne voyant que leurs égaux, oublient qu'il existe des hommes plus puissants ; leur âme s'ennoblit et s'élève ; les services qu'ils rendent, l'hospitalité qu'ils exercent, n'ont rien de servile ni de mercenaire ; on voit briller en eux des étincelles de cette noble fierté, compagne et gardienne de toutes les vertus. Combien de fois arrivant à l'entrée de la nuit dans des hameaux écartés où il n'y avait point d'hôtellerie, je suis allé heurter à la porte d'une cabane ; et là après quelques questions sur les motifs de mon voyage, j'ai été reçu avec une honnêteté, une cordialité, et un désintéressement dont on aurait peine à trouver ailleurs des exemples. Et croirait-on que dans ces sauvages retraites, j'ai trouvé des penseurs, des hommes, qui par la seule force de leur raison naturelle, se sont élevés fort au-dessus des superstitions, dont s'abreuve avec tant d'avidité le petit peuple des villes ?

Tels sont les plaisirs que goûtent dans les montagnes ceux qui se livrent à leur étude. Pour moi j'ai eu pour elles, dès l'enfance, la passion la plus décidée ; je me rappelle encore le saisissement que j'éprouvais la première fois que mes mains touchèrent le rocher de Salève, et que mes yeux jouirent de ses points de vue. A l'âge de 18 ans (en 1758), j'avais déjà parcouru plusieurs fois les montagnes les plus voisines de Genève. L'année suivante j'allais passer quinze jours dans un des chalets les plus élevés du Jura, pour visiter avec soin la Dôle et les montagnes des environs ; et la même année, je montais sur le Môle pour la première fois. Mais ces montagnes peu élevées ne satisfaisaient qu'imparfaitement ma curiosité ; je brûlais du désir de voir de près les hautes Alpes, qui du sommet de ces montagnes, paraissent si majestueuses ; enfin en 1760, j'allais seul et à pied, visiter les glaciers de Chamonix, peu fréquentés alors, et dont l'accès passait même pour difficile et dangereux. J'y retournais l'année suivante, et dès lors je n'ai pas laissé passer une seule année sans faire de grandes courses, et même des voyages pour l'étude des montagnes. Dans cet espace de temps, j'ai traversé quatorze fois la chaîne entière des Alpes par huit passages différents ; j'ai fait seize autres excursions jusqu'au centre de cette chaîne ; j'ai parcouru le Jura, les Vosges, les montagnes de la Suisse, d'une partie de l'Allemagne, celles de l'Angleterre, de l'Italie, de la Sicile et des îles adjacentes ; j'ai visité les anciens volcans de l'Auvergne, une partie de ceux du Vivarais, et plusieurs montagnes du Forez, du Dauphiné et de la Bourgogne. J'ai fait tous ces voyages, le marteau de mineur à la main, sans aucun autre but que celui d'étudier l'histoire naturelle, gravissant sur toutes les sommités accessibles qui me promettaient quelque observation intéressante, et emportant toujours des échantillons des mines et des montagnes, de celles surtout qui m'avaient présenté quelque fait important pour la Théorie [de la Terre], afin de les revoir et de les étudier à loisir. Je me suis même imposé la loi sévère de prendre toujours sur les lieux, les notes de mes observations, et de mettre ces notes au net dans les vingt-quatre heures, autant que cela était possible.

Une précaution que j'ai employée et qui, à ce que je crois, m'a été d'une grande utilité, c'est de préparer à l'avance pour chaque voyage, un agenda systématique et détaillé des recherches auxquelles ce voyage était destiné. Comme le géologue observe et étudie, pour l'ordinaire en voyageant, la moindre distraction lui dérobe, et peut-être pour toujours, un objet intéressant. Même sans distraction, les objets de son étude sont si variés et si nombreux, qu'il est facile d'en omettre quelqu'un ; souvent une observation qui paraît importante s'empare de toute l'attention, et fait oublier les autres ; d'autres fois le mauvais temps décourage, la fatigue ôte la présence d'esprit ; et les négligences qui sont les effets de toutes ces causes, laissent après elles des regrets très vifs, et forcent même souvent à retourner en arrière : au lieu que si l'on jette de temps en temps un coup d'œil sur un agenda, on retrace à son esprit toutes les recherches dont il doit s'occuper. Mon agenda, borné d'abord, s'est étendu et perfectionné dans la proportion des idées que j'ai acquises ; je me propose de le publier dans le troisième volume ; il pourra servir, même à des voyageurs, qui sans être versés dans l'histoire naturelle, voudront rapporter de leurs voyages quelques instructions utiles aux naturalistes. J'ajouterai à cet agenda, des directions pour ceux qui voudront entreprendre de voyager sur de hautes montagnes, et quelques avis sur les erreurs, dans lesquelles des observateurs peu expérimentés peuvent aisément tomber.

Malgré toutes les précautions que je prends pour ne rien laisser en arrière, lorsque dans le silence du cabinet, je médite de nouveau sur les objets que j'ai observés dans mes voyages, souvent il s'élève dans mon esprit des doutes, que je crois ne pouvoir lever que par de nouvelles observations et de nouveaux voyages. Ce sont ces doutes toujours renaissants, qui ont retardé jusqu'à ce jour la publication de cet ouvrage, et qui me forcent à me borner aux observations que j'ai faites dans les quatre ou cinq dernières années, celles qui sont antérieures à cette date ne me paraissant pas assez complètes, pour être mises sous les yeux du public. Je ne présente même celles-ci qu'avec une extrême défiance ; persuadé que les naturalistes qui verront après moi les objets que j'ai décrits, découvriront bien des choses qui ont échappé à mes recherches.

La première partie de ce premier volume contient un Essai sur l'Histoire Naturelle des environs de Genève. On trouvera peut-être que je lui ai donné trop d'étendue. Mais je devais développer un grand nombre de notions nécessaires pour l'intelligence des Voyages dans les Alpes, et pour celle des résultats généraux que je me propose d'y joindre. Et j'ai mieux aimé encadrer ces notions dans la description des environs de Genève, et employer ces mêmes notions à approfondir l'histoire naturelle de mon pays, que de les présenter sous une forme purement didactique ; d'autant mieux que ce plan me laissait la liberté de donner à chaque objet une étendue proportionnée au degré d'importance que je lui attribue.

J'ai par exemple, traité avec assez de détail la partie lithologique ; parce que je crois que la connaissance des terres et des pierres est un des éléments les plus indispensables de la Théorie de la Terre. Il faut connaître la nature d'une substance et les principes dont elle est composée, avant d'oser imaginer des hypothèses sur son origine et sur sa formation. Or on ne saurait déterminer avec sûreté la nature de ces principes et de leurs combinaisons, sans le secours de l'analyse chimique. Cette analyse me paraît aussi indispensable au géologue, que l'analyse mathématique l'est à l'astronome : et l'expérience a fait voir, que tous ceux qui ont osé de hasarder dans cette carrière, sans être éclairés par le flambeau de l'analyse, sont tombés dans les bévues les plus grossières, et ont fait presqu'autant de chutes que de pas : Whiston[2], Woodward[3], Lazzaro Moro[4], et tant d'autres ont fourni des exemples bien frappants de cette vérité. Il faut donc entrer dans le laboratoire de l'art, pour apprendre à connaître les opérations de la nature. Je ne voulais cependant, ni ne pouvais, dans un ouvrage de ce genre, donner un système complet de lithologie chimique. Voici donc le milieu que j'ai cru devoir prendre ; je me suis borné à la description des cailloux roulés de nos environs, et j'y ai trouvé cette convenance, c'est que les différentes espèces de pierres qui se trouvent parmi ces cailloux, sont précisément celles que j'aurai le plus souvent occasion de nommer en voyageant dans les Alpes. J'ai décrit avec le plus de soin les espèces les moins connues ; et les expériences que j'ai faites sur la fusibilité de ces différentes pierres, m'ayant conduit à découvrir la matière première des laves et des basaltes, je me suis permis une courte digression sur ce sujet.

J'ai donné de même dans cette première partie, mes principes sur l'origine des cailloux roulés, sur la structure générale des montagnes secondaires, sur les couches inclinées, sur leurs escarpements, sur les couches verticales, sur la plus ou moins grande abondance des productions marines que l'on trouve dans les différentes couches d'une même montagne, etc.

La seconde partie de ce même volume contient un voyage à Chamonix et au glacier du Buet. Quelques-uns de mes lecteurs feront peut-être à cette partie, le même reproche qu'à la précédente ; ils y trouveront trop de détails de lithologie, de descriptions de montagnes, de gisements de couches. Mais, je le répète, ce sont ces détails, qui seuls peuvent former la base de la connaissance profonde et solide ; souvent ce qui paraît minutieux est précisément la seule chose qui soit importante : j'ai quelquefois tiré des lumières, de petites circonstances que j'avais notées sur les lieux par pure exactitude, et sans en connaître le prix. Et combien plus souvent, n'ai-je pas eu de vifs regrets d'avoir négligé de noter des détails, dont je ne sentais l'importance que lorsque ma mémoire ne pouvait plus les retracer. J'espère qu'on ne me reprochera pas de m'être noyé dans ces détails, et d'avoir perdu de vue les rapports généraux.

Je m'étais d'abord proposé de composer ainsi un tableau complet et fidèle, de tous les faits relatifs à la géologie que présentent les environs de Genève, et les montagnes des Alpes que j'ai parcourues : et je voulais donner ces faits sans aucun mélange de Théorie, afin de réserver toutes les considérations de ce genre pour les résultats qui termineront le troisième et dernier volume de cet ouvrage[5]. Mais en mettant la main à l'œuvre, j'ai vu que ce plan aurait deux inconvénients ; l'un, de former un ouvrage plus aride encore et plus ennuyeux pour ceux qui n'auraient pas la passion de la géographie physique ; l'autre, d'entraîner des répétitions ; parce qu'en venant à ces résultats, il aurait fallu nécessairement rappeler et retracer les faits dont ils auraient été les conséquences. J'ai donc préféré de donner de temps à autre, à la suite des faits importants pour la Théorie, les conséquences qui me paraissaient en découler. Quand on viendra ensuite aux résultats généraux, on verra qu'ils ne sont autre chose que ces mêmes conséquences, rapprochées, mises en ordre, rendues plus complètes, et étayées par des observations que je n'aurai pas eu l'occasion de décrire dans le cours de l'ouvrage. Je ne publierai que dans trois ou quatre ans le troisième volume qui renferme ces résultats, parce que j'ai encore des voyages et des recherches à faire pour acquérir de nouvelles lumières sur quelques points importants de la Théorie. Mais le second volume, qui contient la suite de mes voyages dans les Alpes, paraîtra dans dix-huit mois ou deux ans plus tard.

On verra dans ces voyages, que je me suis attaché de préférence à l'étude des montagnes primitives, et surtout à celles de granit. Si la nature paraît quelquefois avoir voulu cacher la marche qu'elle a suivie dans la production de certains êtres ; c'est sans doute dans celle de ces montagnes, qui touchant de plus près à la première origine des choses, semblent tenir à des mystères d'une haute importance. Aussi, malgré la curiosité qu'elles auraient dû exciter, sont-elles encore les moins connues. Le célèbre Mr. Pallas, dont les voyages en Russie[6] renferment tout ce qui peut intéresser un naturaliste, et même un homme d'état, et sont peut-être le plus grand et le plus beau modèle qui existe en ce genre, a rassemblé d'après l'immense trésor de ses observations, ce qui lui a paru le plus vraisemblable sur la formation des divers genres de montagnes[7]. Mais il n'a point voulu toucher aux montagnes de granit ; il leur a même appliqué ce passage de l'auteur des *Recherches sur les Américains*[8] : «... qu'il vaut autant écrire un traité sur la formation des étoiles, que sur celle des rochers qui ont été élevés par les mains puissantes de la nature créatrice, à laquelle nous devons la petite planète sur laquelle nos philosophes raisonnent ».

Ces difficultés ne m'ont point découragé : une étude opiniâtre des montagnes de ce genre, leurs formes mieux prononcées dans nos Alpes, et quelques nouveaux faits que d'heureux hasards ont offerts à mes yeux, m'ont donné, à ce que je crois, quelques lumières sur leur origine.

Les vues des montagnes, que j'ai jointes à leurs descriptions, ont été dessinées sur les lieux par Mr. Bourrit[9], avec une exactitude que l'on pourrait appeler mathématique ; puisque souvent j'en ai vérifié les proportions avec le graphomètre, sans y découvrir d'erreur. Il a même sacrifié à cette exactitude une partie de l'effet de ces dessins, en exprimant les détails des couches, et en prononçant fortement les contours des rochers. J'aurais volontiers fait graver un de ses grands tableaux des glaciers, si le burin pouvait rendre la force et la vérité avec laquelle il exprime les glaces, les neiges, et les jeux infiniment variés de la lumière au travers de ces corps transparents. Les relations que Mr. Bourrit a publiées de ses voyages, sont aussi connues que ses tableaux, et me dispenseront d'entrer dans de grands détails sur les objets qui y sont décrits.

Je m'étais flatté de donner une carte plus exacte encore, s'il est possible, que ces dessins. Mr. Mallet[10], professeur d'astronomie, et Mr. M.-A. Pictet[11], amateur distingué de cette même science, et de toutes celles qui tiennent à la physique, ont levé avec les plus grands soins une carte de notre lac, que le public attend avec la plus vive impatience. Ces messieurs m'avaient donné une copie réduite de leur carte, et je comptais de la faire graver pour cet ouvrage, en y joignant les montagnes de nos environs, qui se trouvent dans la grande carte de la Savoie de Borgonio[12]. Je m'étais flatté que comme la carte de notre lac qui est dans celle de Borgonio, ne paraît pas à l'œil différer beaucoup de celle de nos astronomes genevois, on pourrait faire quadrer le lac de celle-ci avec les montagnes de l'autre. Mais Mr. Pictet, qui par amitié pour moi, a bien voulu entreprendre ces travaux géographiques, n'a jamais pu réussir à raccorder ces cartes. Il s'est contenté de réduire la carte de Borgonio, en rectifiant cependant d'après nos observations les formes et la situation des montagnes que nous avons vues. Et comme les hautes Alpes, les environs du Mont-Blanc par exemple, et même les directions des grandes vallées, sont extrêmement défectueuses dans la carte de Borgonio, et dans toutes les cartes connues, Mr. Pictet s'est donné la peine de lever dans nos voyages une carte détaillée de toutes ces montagnes, en employant à ces opérations, des instruments portatifs de la plus grande perfection, qu'il a fait lui-même exécuter sous ses yeux par les plus habiles artistes de Londres. Cette carte paraîtra dans le second volume, pour lequel elle sera plus utile qu'elle ne l'aurait été pour celui-ci. Nous en avons cependant fait graver un petit extrait, que l'on trouvera dans un des angles de la carte qui est jointe à ce volume. On verra, en comparant cette petite carte avec celle de Borgonio, combien celle-ci avait besoin d'être rectifiée.

Quant à mon style, je n'en ferai point l'apologie ; je connais ses imperfections ; mais, plus exercé à gravir des rochers, qu'à tourner et à polir des phrases, je ne me suis attaché qu'à rendre clairement les objets que j'ai vus et les impressions que j'ai senties. Si leur description donnait à mes lecteurs une partie du plaisir que j'ai goûté en les observant, mais surtout si elle pouvait allumer chez quelques-uns d'entre eux le désir de les étudier, et de perfectionner une science dont je souhaite ardemment les progrès, je serais bien satisfait et bien récompensé de mes travaux.

A Genève, ce 28 novembre 1779

1. *Suave, mari magno turbantibus aequora uentis.* Premier vers en latin de Lucrèce, *De rerum natura*, Livre II, première section intitulée *La sagesse.* Traduction de José Kany-Turpin, GF Flammarion, Paris, 1997 :

« Douceur, lorsque les vents soulèvent la mer immense,
d'observer du rivage le dur effort d'autrui,
non que le tourment soit jamais un doux plaisir
mais il nous plaît de voir à quoi nous échappons.
Lors des grands combats de la guerre, il plaît aussi
de regarder sans risque les armées dans les plaines.
Mais rien n'est plus doux que d'habiter les hauts lieux
fortifiés solidement par le savoir des sages,
temples de sérénité d'où l'on peut voir les autres
errer sans trêve en bas, cherchant le chemin de la vie,
rivalisant de talent, de gloire nobiliaire,
s'efforçant nuit et jour par un labeur intense
d'atteindre l'opulence, au faîte du pouvoir.
Pitoyables esprits, cœurs aveugles des hommes ! »

2. Whiston, William, *A new theory of the earth...* Tooke, London, 1737.
3. Woodward, John, *An essay towards a natural history of the earth and terrestrial bodies...* Bettesworth, Taylor, Gosling and Clarke, London, 1723.
4. Moro, Antonio Lazzaro, *De'crostacei e degli altri marini corpi che si truovano su'monti*, Monti, Venezia, 1740.
5. En 1786, à la parution du volume II des *Voyages dans les Alpes*, de Saussure se rendit compte que la quantité d'observations recueillies remplirait un troisième volume (1796) et qu'un quatrième serait nécessaire pour présenter les résultats généraux et sa théorie de la terre. Sa santé défaillante dès 1793 ne lui permettant plus de faire les synthèses projetées, le quatrième volume (1796) contient seulement les derniers voyages et se termine par un *Agenda ou tableau général des observations et des recherches dont les résul-*

tats doivent servir de base à la théorie de la terre. Il s'agit d'un véritable testament scientifique qui présente méthodiquement à la génération suivante les grands problèmes qui restent à résoudre pour fonder la géologie moderne.

6. Pallas, Peter Simon, *Reise durch verschiedene Provinzen des Russischen Reichs,* 3 vols, St. Petersburg, 1771-1776.

7. Pallas, Peter Simon, *Observations sur la formation des montagnes et les changemens arrivés au Globe, particulièrement à l'égard de l'Empire Russe,* Acta Petropoli, 1777.

8. La citation est de Pauw, Cornelius, *Recherches philosophiques sur les Américains, ou Mémoires intéressants pour servir à l'histoire de l'Espèce humaine,* 3 vols, Decker, Berlin, 1771.

9. Bourrit, Marc Théodore (1739-1819), peintre, descripteur et historien des Alpes, élève de Saint-Ours, chantre de la cathédrale de St. Pierre à Genève.

10. Mallet, Jacques-André (1740-1790), professeur d'astronomie à l'Académie de Genève, fait construire un observatoire à l'emplacement du bastion de St. Antoine.

11. Pictet, Marc-Auguste (1752-1825), physicien expérimentaliste, cartographe, ses domaines de prédilection sont cependant la chronométrie et la météorologie, fondateur en 1796 de la « Bibliothèque britannique ».

12. Cette carte de la Savoie et du Piémont, commandée en 1673 par Charles Emmanuel II, a été préparée par le cartographe Giovanni Tomaso Borgonio sur la base de reconnaissances sur le terrain entre 1673 et 1679. Elle a été gravée par Giovanni Tomaso Belgrano et publiée à Turin en 1680 par Bartolomeo Zappata, Libraio di S.A.R. Format : H. 213 x L. 179 cm, en 15 feuilles assemblées ; échelle variable entre 1 : 160 000 et 1 : 192 000 ; révision en 1712 par le graveur J. Stagnone ; réimpression à Londres en 12 feuilles en 1765.

« Lettre à son Excellence M. le Chevalier Hamilton... sur la géographie physique de l'Italie. » *Obs. sur la Physique...*, VII, 19-38, Paris, 1776.

Voyages dans les Alpes, précédés d'un essai sur l'histoire naturelle des environs de Genève. 4 vols. 4°, Fauche, Barde-Manget, Fauche- Borel, Neuchâtel et Genève, 1779-1796. Slatkine Reprints, Genève, 1978. Vol.1 précédé de « Mémoire historique sur la vie et les écrits de Horace-Bénédict Desaussure pour servir d'introduction à la lecture de ses ouvrages » par Jean Senebier, Paschoud, Genève, an IX (1801).

Essais sur l'hygrométrie, Neuchâtel, 1783.

Lettre de M. de Saussure à l'Abbé Monget le jeune sur l'usage du chalumeau, *Obs. sur la Physique...*, XXVI, 409-413, Paris, 1785.

« De la constitution physique de l'Italie » in J. J. Lefrançois de La Lande, *Voyage en Italie...* Seconde édition corrigée et augmentée, v. 1, XXXVIII-CV, Veuve Desaint, Paris, 1786. Aussi Troisième édition, revue, corrigée et augmentée, v. 1, 45-58, Genève, 1790.

Relation abrégée d'un voyage à la cime du Mont-Blanc, Genève, 1787.

« Observations sur les collines volcaniques du Brisgaw », *Jour. de Physique...*, I (XLIV), 325-362, Paris, 1794.

« Nouvelles recherches sur l'usage du chalumeau dans la minéralogie », *Jour. de Physique...*, II (XLV), 3-44, Paris, 1794.

MINIZOÉ

TEXTE INTÉGRAL

(1) Nicolas Bouvier, Les Chemins du Halla San
(2) S. Corinna Bille, Emerentia
(3) Henry Dunant, L'Avenir sanglant
(4) Diderot, d'Alembert, Une Suisse heureuse
(5) C.F. Ramuz, La Folle en costume de folie
(6) Yvette Z'Graggen, Un Long Voyage
(7) Guy de Pourtalès, Marins d'eau douce (vol. I)
(8) Guy de Pourtalès, Marins d'eau douce (vol. II)
(9) Carl Spitteler, Notre Point de vue suisse
(10) Albrecht de Haller, Les Alpes
(11) Maurice Chappaz, Grand Saint-Bernard
(12) Amélie Plume, Ô qu'il est beau le jet d'eau
(13) Friedrich Dürrenmatt, Pour Václav Havel
(14) Jean Calvin, La Servante chassée
(15) Jean-Marc Lovay, La Négresse et le chef des Avalanches
(16) Anne-Lise Grobéty, Défense d'entrer
(17) Bernard Comment, Les Fourmis de la gare de Berne
(18) Pestalozzi, Lettre de Stans
(19) Alice Rivaz, L'Homme et son enfant
(20) Claude Delarue, Les Cinq Musiciennes
(21) Jean-Jacques Langendorf, Les Tribulations d'un melon chinois
(22) Ludwig Hohl, Et une nouvelle terre…
(23) Alexandre Voisard, Je ne sais pas si vous savez
(24) Catherine Safonoff, La Part du fleuve
(25) Gustave Roud, Adieu/Requiem
(26) Robert Walser, Félix
(27) Philippe Jaccottet, Beauregard
(28) Etienne Barilier, Les Enfants-loups
(29) Milena Moser, Mensonges et Cie
(30) Isabelle de Montolieu, Le Serin de Jean-Jacques Rousseau

(31) Sylviane Dupuis, A quoi sert le théâtre ?
(32) Nicolas Meienberg, La Désincarnation de Paris
(33) Benjamin Constant, Pensées détachées
(34) H.-B. de Saussure, Discours préliminaire aux Voyages dans les Alpes

Achevé d'imprimer
en avril mil neuf cent quatre-vingt-dix-huit
sur les presses de l'Imprimerie Slatkine à Genève
pour le compte des Editions Zoé